Suzuki Yuriika Selection **1**

サイドから
風が吹いてくると

鈴木ユリイカ

サイドから風が吹いてくると＊もくじ

装画　蜂谷一人

サイードから風が吹いてくると

HIROSHIMA MON AMOUR

その都市《まち》を歩いたひとは誰でも
都市が信じられないほど美しいのに気づくに違いない
その都市を歩いたひとは誰でも
奇跡のように心臓に新しい血が流れ
その都市を歩いたひとは誰でも
一歩一歩新しく生きはじめるに違いない
その都市を飛んだ鳥が緑の川面をすべり

どんなにすばらしい曲線を描いてひとの夢の中をすべるかを見るだろう
その都市を歩いたひとは誰でも
人間のように話をする木に驚くだろう
その都市に立っている彫像の心臓が
たとえ大理石でもたちまちに動きだすのを見るだろう
その都市を歩いたひとは不思議なことに
知らないひとでも愛しはじめるのだ　たちまちに

奇跡というものについて　わたしは知らない
けれどもその都市に住む人びとは
多くを語らない　語ることができないのだと思う
　奇跡というものをわたしは知らない
けれどもその都市の人びとは自分たちが

　生きていることは奇跡だと思っているかも知れない
心臓が脈打って息をして目が見えることや
　耳がきこえることが
鳥が見えたり海が見えることが
　子どもたちの声がきこえることが　そして
黙って生きていることが

わたしは都市をきれいにする人びとの話をきいた
　都市の一本一本の木の葉一枚一枚を掃きながら
楠やヒマラヤ杉やマロニエをじっと見ながら
　この都市の人びとは幾何学模様の広場に
見えない時間《とき》が泉のように湧き　そして
　世界の人びとにあの日のことを知ってもらいたいと思っている

これほど語らない　これほど静かな　これほど美しい
　都市をわたしは見たことがなかった

そして奇跡とは　未来のすぐそのまた未来に
あれら皮膚のはがれたひとの皮膚がきれいになり
あれら蒸発した人びとがもとのままになり
　溶けた体がもとどおりになり家族がそろい笑い
父も母も赤ン坊も妹も弟も兄も姉も老人も日本人も外国人も
　鳥も魚も花も雲も山も泉ももとどおりになり
宇宙の果てのここ未来に帰ってくることだ
　懐かしそうに帰ってくることだ
そう思い都市の人びとは色づいた葉を掃いているのかも知れない

冬のはじめのその都市をわたしたちは歩いた
　川の辺りの桜の葉はまだ落ちてなかった
友は椎の実を拾ってわたしの手に握らせた
　奇跡のようにわたしの心臓に新しい血が流れていた
わたしは知らないひとを愛しはじめていた

G線上のアリア

——ロストロポーヴィッチの若き日の演奏をCDで聴く

黒い写真には洋梨のような頭をしたひとりの若いチェリストが
いまにも　死にそうな顔をして立っている　彼のいのちは
蠟燭の炎のようにふいにかき消えてしまいそうだったけれども
音楽家の手は神のそれのように美しくしっかりと楽器を支えている

チェロが鳴り出すと　たちまち　わたしの心臓はふくれあがり
血液は全身を駆けめぐった　その時　わたしの中から

透きとおった五歳の女の子が脱け出し記憶の中で立ち止まった
その時　女の子の母親が「あれが東京よ」と言った

その時　引揚列車が停まり　硝子窓から何かが見えた
東京はなかった　ぐにゃりと飴みたいに曲がった電柱と
恐しくいためつけられた大地と　その上に降る
白いちらちらしたものが見えた　子どもはまだ知らなかった
白い雪というものの下で都市の数知れぬ建物が燃えさかり
人間が焼芋と同じに真黒こげになることを知らなかった

恐らく数秒間、数分間の汽車の停止なのに女の子は憶えていた
汽車はゆっくり走り去りもはや誰もそのことを語らなかった

知らなかった　夢の駅で幾度も汽車は停止し
あれがヒロシマよ　と誰かが言った　知らなかった
はだかの人間の皮膚がだらりとたれさがったまま赤ン坊に乳を含ませるひとを
雪の中に黒い線は続き吹雪は舞いＧ線上のアリアは続いていた
知らなかった　ポーランドの田舎町では終日
人間を焼く匂いがし　知らなかった　中国の都市では
兵隊がにたにた笑いながら人間の首を切り落としていた
知らなかった　ロシアの田舎町では戦車がガラガラと動き
壁から血が噴きでていた　知らなかった　知らなかった
知らなかったと言いいつまでも夢の駅で泣きじゃくる五歳の
子どものまま年をとっていく　わたしを知らなかった

吹雪の中で音楽は続いていた　恐怖の時代に個人が生き

耐えるとは何かを考えながら音楽家はチェロを弾いていた
死んでいったひとをひとりひとり訪ねるかのように
死者たちに何か話しかけていた　優しく　悲痛に
遠い流刑地に居る友に届くように　心をこめて弾いていた
それでも彼はまだ若く　時に死にそうになりながら
彼自身が死なないためにも弾いていた　その時
わたしと　五歳のわたしは見つめ合いふたりで耳をすました
女の子はすでに知っていた
にんげん　というものを
大地の心臓が破裂するまで近づいては遠ざかり
遠ざかっては近づき　すべてをさらう戦争を

秋なれば塩こおろこおろと　ヒロシマ学1

秋なれば塩こおろこおろと、海を静かにかきまわしているものが居る。

紅葉山の黄葉は楓に恋して一本一本燃えあがった。

滝のうしろで年老いたチョコレート色の鹿がぬーと立ちあがり、こちらに向かって歩いて来た。

おお！　あの動物の匂いを私は知っている。好奇心そのもののような濡れた目の幼い日を。

島から四つの顔をもつ島へ、巨大な天の浮橋がかけられ、ケーブル電車が、山から山へ登っていった。さまざまな色彩の木の葉が、ただ静かに話していた。言葉などなかった時代の姉妹のように。猿山の猿は姿を見せなかった。

山の頂きの白い岩に、青年のような女が立って、海のうえに雲が段をなして湧きあがるのを見ていた。島と島がゆっくり、近寄ったり、離れたりして話していた。言葉というものがなかった頃の兄弟のように。

放射能の巨大爆弾が落ちた。焼けただれ、皮膚がズルムケになった、まだ生きている人々が河の端から端まで、真赤になり、真黒になり、流れた。

一機の、ジュラルミンの飛行機の中の、ひとりの男の指が押したボタンのために、都市は消滅した。

完全に死滅したと思った土から植物が生え、一輪の花をつけた。人々はまた生きはじめた。

路面電車がからからと音をたてて走った。アイスクリームがデザートに出るレストランで子どもたちは目を輝かせた。

少年の船乗りがタンカーに乗って出発した。インド洋や紅海から、エジプトや喜望峰から、乳色のセントルイスから、解読不能の絵葉書が届いた。

両親が学校の教師だった少女は山羊や犬やめだかやハーブの青い花や蜘蛛とばかり話し、丘のうえに家を建てて年を重ねた。

秋なれば月は落ち、海は玲瓏と澄みわたり、赤い柱の壮麗宮殿が建てられた。火を焚いて宴をはり、神楽の舞いを見ながら、清盛公は涙を流した。

おお！　彼の地で世界ははじまり、水は盛りあがり、渦まきながら、島々は誕生し、一輪の花は星星のなかで目覚めた。葦原の陰で神神はまぐわい、魚たちは天まで跳ねあがり、鯨たちはダンスした。

おお！　彼の地で世界は終わり、また復活した。夥しい死者たちとともに、人々はまた生きはじめた。

——真珠を咥えた牡蠣がねむる島よ、——はたはたと旗を鳴らし大漁船が行き交う海よ、——海の水晶宮殿よ、痛みと水よ、——おまえの深みに死者たちを蘇らせよ。——秋なれば塩こおろこおろと、誰かが海をかきまわす音がする。秋なれば古甕のなかで、蟋蟀よ、こおろこおろと目を覚ませ！

黎明のなかで島々に混じって、エメラルド・グリーンの島の子どもが誕生するのを、人々はまた見つけるだろう。

なぜなら島々は愛し合っているから。まだ名もない氷山と花火と葦でできた美しい島の小径を、未来からやってきた女がジョギングするのを見るだろう。女は携帯電話を取り出して、遠隔地に留守番している彼女の娘たちに、朝ごはんを電子レンジで温めるよう、指示するだろう。

――母さんはまた見つけたの
瀬戸内海に
新しい島ができたの
何という名前にする？

マーラーへの予感　ヒロシマ学2

＊

初めに悲しみがあった

ほんとうに悲しいのは
まだほんの子どもでなにが悲しいのか
よくわからなかったことである

ヒロシマのその部屋には竹のボディに
着せられた小さな中学生の学生服があった
被爆した子どもの体はなかった

ガラスのケースの中に原爆投下と同時刻のままの
小さな腕時計があった
それをはめていたのは誰だろう?

その部屋に中味が黒こげになった
ひしゃげたアルミの弁当箱があった
持ち主は誰だろう?

その部屋に太陽と同じ六〇〇〇度の
熱風と熱線にあおられて蒸発した人の影が
うすく残っている階段があった

（わたしはその時四歳だった
　その時別の場所台湾にいた）

その瞬間その街で〇・四秒間の高熱線と爆風と放射能で
十四万人の人とあらゆる生物が消え去った

それがどういうことであるか子どもは
五十三年たった今でもよくわからない

地球上のある一点で生命連鎖が一度完全に切れたということを
世界中の人間がまだよくわかっていない
ということは悲しみである

わたしにはその街全体がどこか見知らぬ星の
見知らぬ浜辺のように思える
そして　ある夏の朝　何かの不思議な光線の
加減で彼らが帰って来るのが見えるような気がする
その見知らぬ人びとは宇宙の波に打ちあげられて
到着したばかりなのに　わたしは名前も知らないのだ

彼らの目をわたしはどうしても見ることができない
そんな夢を見る　わたしがヒロシマのことを

よくわからないまま死ぬことになるであろう
と思うのは　悲しみである

今年の春は雪が降ったり霙が降ったり
雨が降ったり　また霙が降ったりして
なかなかやって来ない
少年がナイフで人を刺した
今日もアルジェリアでナイフの大虐殺があった
重い本は血まみれである

わたしの本の頁は
草も木も生えず
血まみれの手の跡がぐじょぐじょと残り

ヒロシマ以来わからないことだらけで
終わるだろうか？

**

それでもわたしは注意深くパンを切り
熱いスープを飲み
オレンジの皮をむいて食べていた
マーラーの音楽が鳴っていた
すると　いままで一度も考えたことがない
途方もないことが起こった
重い本の最後の頁に
それは最初の頁でもあるのだが

きらめく天体がばらばらとこぼれ落ち　一度も
触れたことのない星星が生き物のように
こちらを向いていた
静かに　静かに　新しい本が燃えていた

恐らく　わたしは死んだ人のような目を
　していたに違いない
その時わたしは月光が照らす海の底を
見つめているような気がした
見えない海の底の黒い藻はゆっくり　ゆっくり
揺れて古いなつかしい子守歌を歌っていた
やがてその藻は小さくちぎれて
ゆっくり旅に出ることをわたしは知っていた

小さな流れ藻は小さな青い魚を連れて
幾日も幾日も海流に乗って旅をするのだ
そして　冷たい目をして
さらに　わたしは考えていた
いのちはみんなどこへ行くのか?
いろいろないのちは土に向かうとも
神に向かうとも　死に向かうとも
山を越えるとも　川と一緒に流れるとも
きいたことがある
海から蒸発して雲になるとも雨となって降るとも
きいたことがある
花ひらくとも　飛ぶとも　燃えるとも
きいたことがある

生まれ変わるとも　循環するとも
指先から砂のようにこぼれ落ちるとも
きいたことがある
しかし　さらに　さらに
いのちはどこへ　向かうのか？

音楽は続いていた

重い本が燃えていた
死のような声が響いていた
何かすっかりわたしを破壊してしまうようような声が…

—おまえはまだわからないのか？

―いのちはすべて宇宙に向かうのだ

では向かいのビルたちの無数の灯りも宇宙に向かうのか？
では宇宙にも流れ藻があるのだろうか？
その流れ藻に乗って
ヒロシマで消えた人びとも
いまは宇宙をめぐっているのだろうか？
夏服の中学生はお母さんに会えたろうか？
小さな美しい時計をはめていたひとは
恋人に会ったろうか？
銀行の階段で倒れたひとは自分の影に出会ったろうか？
校庭に並んでいたセーラー服の少女たちは
もう一度もとの姿に戻ったろうか？

狂おしく咲く花のように
宇宙の新しいいのちに出会ったろうか？
一個のオレンジも
花の種子も　おたまじゃくしも
馬も　鯨も　とんぼも
いのちあるものはみんな宇宙に向かうのだろうか？
いのちがかつてあったものも
みんな宇宙をめぐるのだろうか？
そして　わたしたち生きているものも
もう生きていないいのちも
宇宙のどこか果ての果てで出会うのだろうか？

（そのように

わたしは予感する）

＊＊＊

白い巨人の音楽は続いていた

重い本は隕石のように燃え続けていた

―おまえがほんとうに悲しいのは
残るにしろ出発するにしろ
決別の時が近いからだ

空間を超えて方向を定め

寝返りをうつ遊星の間をすべり
近づいては遠のいていく星雲に合図しながら
太陽の一生のように光り輝く
飛行をするように
やがてわたしたちはなるだろう
なぜなら　わたしたちは生きなければ
　ならないからだ　そして生きること
生き続けることだけが美しいからだ

花の種子がどこかでこぼれている
今年　北の国から帰ってくる鳥たちの翼は
星に触れたろうか?
今年　これから咲く桜の花は恐れとおののきに満ちて

白く咲きこぼれ　宇宙に向かうだろうか？
ただ一度春はやって来る
ただ一度花は咲く
ただ一度今年の春をわたしたちは生きる
死と生の味のするオレンジ*を食べながら
一つのことを知る

すべてのいのちは宇宙に向かう

＊死と生を語りかける果物＝リルケ「オルフォイスへのソネット」

方向を失ったいのち　ヒロシマ学3

それは一九五四年
ビキニ環礁の核実験
のニュースフィルムだった

その時　神は涙を
流したのだ
砂山の砂の

卵から生まれた
ばかりの　ちいさな
亀の子は　よちよち
よちよちと　半分は
海に向かった

けれども　あとの半分の
亀の子は　よちよち
よちよちと　さまよい
どうしても　海に向かわず
陸の方へ　陸の方へ
死の方へ　向かった
どうして　涙を流さずに

そのフィルムを見ることが
できるだろう　砂山の砂に
腹ばいになって苦しみ
涙を流しながら　卵を産んだ
かあさん亀の方へ　海の方へ
いのちの方へ　歩む
ことが　できなかった
亀の子たちは　愛を失った

その遠い記憶が消えぬ間に
一九九八年　大阪の
ある小学校の　一年生たちと
四年生のクラスに

異変が起きた
子どもたちは　一分と
ベテランの先生の　話を
聞いていることが
できなかった
何人かの子どもたちは
椅子から　立ち上がり
机のうえを　歩き
何人かの子どもは　叫び
殴り合いを　始め
数人は　次から次へ
トイレに　でかけた

先生は給食の時も
教室に居て　涙を流していた
涙を流す先生の　そばで
誰ひとり　誰ひとり
先生の涙に　気づく
子どもは　いなかった

抱きしめても　話しかけても
言うことをきかず
あの亀の子たちのように
よちよち　よちよちと
机のうえを　教室じゅうを
廊下を　トイレを　学校じゅうを

さまよい　始めた

どうして　前へ　進むことが
できなくなったのか？
日本じゅうの　学校で　いや
アメリカでも　イギリスでも
子どもたちが
方向を失っていくのか？
誰ひとり　解明することが
できない

未完の旅 I

どちらかといえば幸せになりたかった、とマイコは言った。どちらかといえば幸せになりたかったのではなく、幸せだった、とマイコは言う。なぜなら子どもの頃から幸せになると決めていたから、とマイコは言った。

「では、きみは幸せではないのか」とタケミは言った。「ぼくと居て幸せではないの?」とタケミは言った。

もちろん、これからもわたしは幸せよ、とマイコは言った。わたしはきっと幸せに死ぬわ、とマイコは言う。でも、いつのまにか世界は変わってしまった。ここに陽があたり、本の頁に影をつくっていて、向こうで木の枝がゆらゆら揺れていて、ここは静かで、たとえわたしが果物のように、ゆったりと体を伸ばしていても、どこか見えない場所で、ドアが開き恐ろしい音がし、そこでは夜なのに星も太陽もぐるぐる逆まわりし、そこでは真昼なのに人間が瞬時瞬時、死んでいるの、とマイコは言った。

「それは原爆のせいだ」とタケミは言った。「きみはそれを書かなければならない」とタケミは言う。

あなたはそれを、わたしに命令するの？　とマイコは聞いた。

「そうだ。ぼくはきみに命じる。きみはそれを書ける」とタケミは言った。「子どもたちが傷ついたり、死んだりするのを黙ってみているのは真の詩人ではない」とマイコの夫は言った。

わたしは幸せであったり、狂気に満ちた世界と闘ったり、二つのことを同時に書くことはできないわ、だから、どちらかを本の中に入れなければ、とマイコは言った。

「考えてもごらんよ。きみはもはや、どちらの世界にも耐えられない」とタケミは言った。「何が起こるかわからないが、何かしなければ」とタケミが言った。

では、わたしは旅に出るわ。大きなカバンを持って、激しい昼と夜を味わいに、やはり世界は瞬時に変わってしまったようね、とマイコは言った。

「飛行機がビルにつき刺さる日に、きみは行ってしまうのか？」とタケミは言った。「やはり世界は変わってしまったのか？」と彼は言った。

未完の旅Ⅱ　故郷《ふるさと》について

わたしはその都市《まち》を去ってから、毎日毎日その都市《まち》を呼びつづけました、とケイ・オカムラは言った。その白い都市《まち》は静かな夜、ハープの曲のように揺れながら、人工湖から浮きあがってくることもあったし、夜明けに人工湖のほとりを散歩するひとたちも見えました。夜明けの光のなかで、わたしは夢見るように、恍惚と、その白い都市《まち》を呼びつづけることがありました、とケイ・オカムラは言った。

わたしが呼びつづけなければ、あの美しい都市《まち》は失くなってしまったでしょう、とケイ・オカムラは言った。ピンクの石の家、白い中庭のある石の家がある都市《まち》から幾つもの国の言葉が音楽のようにたち昇ってきました、とケイ・オカムラは言う。

でも、突然、五十五年もたってから、その都市《まち》を訪れなければならなかったとき、わたしはとても怖かった、わたしは何も感じなかった、まるで昨日と同じようにその都市《まち》があった、それだけ、とケイ・オカムラは言った。わたしは煮て食べられる白いホオズキを買いに走って行ったの、とケイ・オカムラは言った。白いホオズキは買えたけれど、黄色いウリは手に入らなかった、それがその季節最後のウリだったの、とケイ・オカムラは言う。

わたしはわたしの幼い頃に住んでいた大陸の家の庭の石と、海岸の石を持って帰り、脱脂綿を敷いた菓子箱の十字に区切った中に入れ、時折、それらの石を手に握ったり、撫でたりすると精神安定剤になります、とテイ・キヨオカは言った。

わたしは思い出そうとする、青いザボン売りや熱いアスファルト道を、南の島のバナナ畑やチャボさんの声を、けれども、あの白い光の他、何も思い出せない、白い雪道やほんのり赤らんだリンゴの木の他、何も思い出せない、どこにもわたしの故郷《ふるさと》はない、とマイコは言った。あの爆弾が二度も炸裂して以来、青空の破片が、わたしのこころにつき刺さり、わたしの故郷《ふるさと》は青空のなかに閉じ込められてしまった、とマイコは言った。

風邪ひき夜の独り言

わたしは幾つも幾つもの夜明けに出会った、マイコはいった。けれども、わたしが夜明けに近づこうとすればするほど、夜明けは遠のいていき、夜の奥へ奥へと突っ込んで行くような気がする、とマイコはいった。

「私はヒバクシャではない。私の妻もヒバクシャではない」とタケミはいった。「けれども私がひとけのない夜の路を歩き、自動車がゴオゴオと通り過ぎる音を聴くと、私から私の影がふらふらと離れ、建物の壁に張りついたり、信号が赤なのに道路を渡ろうとしたり、コンビニエンス・ストアに入っていき、蛍光灯を指で触ったり、明るい果物に触ろうとしたり、影は私を踏みつけ、私にめまいを起こさせたりする」

影はいう。「ワタシはヒバクシャではない。ワタシの妻もヒバクシャではない。正確にはワタシはヒバクシャの影ではない。ワタシの妻もヒバクシャの妻の影ではない。けれども、ワタシは時々ヒバクシャの声を聴くことがある」とタケミの影はいった。

「ずいぶん、長い間、私は自分がヒバクシャであることを隠してきました」とノグチさんはいった。「もう、五十七年もです。私はあの日以来、ヒロシマを遠く離れて、全く知らない土地で暮らしていこうと決意したからです。私はこの地で、仕事を得、結婚し、三人の子どもと五人の孫に恵まれました。半世紀以上もの間、妻にも息子にも娘たちにも、自分がヒバクシャであることを黙ってきました」とノグチさんはいう。

「私はたった独りで秘密を抱きながら、真っ暗ななかを手探りで歩いてきたのです。私の顔には無数の星が降ってきました。私がヒロシマを思い出すと顔から無数の星が飛び出していくのです。妻が妊娠したとたん、私は生まれてくる子どものいのちに原爆の影響があるのではないかと恐れました。孫が生まれる時になっても、その不安は消えませんでした。私は深海魚のようにひっそりと、息をつめて家族のいのちを見守り続けました。五十七年もの間、固く固く何を守り続けてきたのかと今は思うほど、それほどまでに必死でした。子どもがころんだだけで、どきりとし、風邪をひいただけで、もうだめかと思い、恐れとおののきのなかを、私は生きてきました」ノグチさんはいった。

「それでも、私は知らない土地で誰にも知られないように生きてきて、ひととは別の幸せを感じていました。なにかこれまでになかった新しいいのちのあり方を信じていました。崖の亀裂に降る星々を、熱が下がって母から苺をもらってほおばる歯がふたつ生えたばかりの娘を、ミルクを匙ですくう小学生の息子の目を、妻の熱い手を、私は影と光を不吉なものと幸福をすべて身のうちにかかえ、自分がその亀裂である崖っぷちをそろそろと歩き出していたのです」とノグチさんはいった。

無限に生きる

（原子爆弾が落ちた時　どこにいましたか？）
とソフィーは聞いている

窓の向こうで突然雨の音が激しくなった
その雨のカーテンをくぐり抜けて
まっすぐソフィーは広島からやってきて
わたしたちに花を渡している

ソフィーとわたしたち夫婦は電話で日本語で話しフランス語はすこしもしゃべらず　つっかえつっかえ英語で話そうとしている

あの植物は白い花を咲かせるために何ヶ月もじっと待っていたのだろうか？
わたしも詩を書くためにじっと待っているのだろうか？

（その時わたしは四歳で台湾にいました）
（その時　いいえ　戦争はまだ終わっていません）
（ソフィーは広島のどこに行ったのですか？）　雨の音
（ソフィーはそこで何を見たのですか？）　雨の音
（その時ぼくは東京周辺の村にいました）

（旧日本銀行に行きました）
ソフィーはパソコンに近づく　旧日本銀行は写真のイベントをしている
男の子の真赤な火ぶくれの背中と顎が陥没した女
人の白い影が映った銀行の階段も見える
ソフィーはその銀行で短い映画を撮ったのですか？

雨の音が激しくなり五十九年の歳月が吹き飛ばされそうになる
いえ　聞こえません　いえ本当は知らないのです
何しろ初めてのことですから
戦争だってユダヤ人のことだってこれほど初めてのことではありません
（原爆のことをどこで知りましたか？）
とソフィーは聞く
（原爆のことをお父さんやお母さんと話しましたか？）

とソフィーは聞く

ソフィーはフランスへ帰って行った

それから　子どもたちがこの国のいたる所で死ぬと
わたしたちは罪のようにつき刺すように原爆のことを思い出した

わたしたちの父や母は戦後あと一年だけ生きようとして生きた
一年生きるとあと三年生きようとした　そのあと十年と時を区切って生きた
原爆のことを考えると
とても生きられないと思ったので考えなかったのでしょう
父や母は苦しかった
苦しかったので無限に生きられなかった

ソフィーよ　いま初めてわたしは気づく
わたしや夫や多くの日本の人びとが
長い長い苦しみに気づくとはなんであるかを

水を吸って白い花が咲いた

ヴァーミリオン 1

夏中　ヴァーミリオンの炎が谷を渡り
わたしたちの魂と魂は
高い空中を昇っていった
落雷のときも
わたしたちは闇の大空を渡っていった

あなたは　たとえ　きみが一粒の砂であっても

六億の砂の中からきみを探すことができるといった
白い夾竹桃の花も土から階段を昇っていった

秋になると嵐がきた　静けさがきた
川べりで　子どもが幾人も死んだ
子どもたちよ　シャツの下は殴られ血をにじませている子どもよ
弟をかばっていた幼い兄よ　兄を慕っていたもっと幼い弟よ
ダンボールの箱に入って流れてきた小さなモーゼよ
安寿姫よ
ヴァーミリオンの炎は　どこから来たのか？
愛の炎なのか？
時の柘榴が裂けたところから噴きあげる炎なのか？
わたしは知っている　わたしは知らない

葦の繁みで虫に刺されて黒くなって死んだ子どもよ
きみが一粒の砂であっても　わたしは
六億の砂の中からきみを探すことができるか？
指の間からこぼれる
砂にも顔があり　ぴぴぴと動き
携帯電話の中で笑う
この砂でもない　この砂でもない

水のほとりで葦をかきわけきみを探すことができたら
たとえ五十九年たっていても
きみを離しはしない

ヴァーミリオン2

――ヨシエさんの話より

そこは木もなく　石もなく　水もなく
夜もなく　昼もなく　家もなく　橋もなく
ただヴァーミリオンの炎が燃えさかっていた
その炎の舌のなかから　女のひとの足が現れ
急に明るくなった　わたしは何を見ているのか？
ここはどこなのか？　黒い煙のなかをヴァーミリオンの
炎が燃えさかり　おや　一人また一人と

数人の人間がこちらに歩いてきた

歩いてきたといっても　よろよろとよろめき
顔も手も足も真っ黒で髪の毛はじりじりとこげつき
ほとんど裸の人間が皮膚を着物の裾のように垂らして
よろよろ歩いていく
これからどこへ行くのか？　なにをするのか？

そのなかのひとりが　どうも女のようなひとが
じっとわたしを見ている
あっ　あれは角の家のやえ子姉さんだ

姉さんはほとんど裸なのに恥ずかしいとも思わず
こちらに近づいてきて　じっとわたしを見つめ
きつく目を開け「ヨシエちゃん」といい
放心したように行ってしまった

こんな時でもうつくしい目をして　ふりかえり
「ヨシエちゃん　生きるのよ」といって行ってしまった
涙が流れてしょうがない
気がつくと　姉さんは歌っている
歌声は低い雲のように流れ　風に翻る旗のようだ

それから聞いた　ヴァーミリオンの炎のなかを歩く時
ヴァイオリンのすすり泣きとともに
あなたが歌う声を　きみは聞いた
もしかしたら　六十年経ったいまでも
渋谷の交差点を渡る人込みから　それは立ち昇る
雲のうしろから　六本木の青い氷のビルのうえで
雲が分かれるところで　あそこで死と声が交じり合い
地上に風が起こる　あそこでじっとわたしを
見ているひとがいる　風の姿が見える

バッハの受難曲*のアリアよりも鮮明に
まだ生きていることの悲しみと痛みと恐れと喜びを

かみしめながら　あなたはいう
主よ　あなたを憐れむと

するとあなたの唇に稲妻が走る
きみは聞く　おおなんという歌声
おお　聞こえる　聞こえるという
きみはたれか？

歌声は
石もなく　夜もなく　手もなく
口もなく　顔もなく　しずかに微笑みながら

ほんのすこし苦しく痛く　なんども突き落とされながら

ヴァーミリオンの炎のように歩いて行く

＊バッハ「マタイ受難曲」

ここ

ここでは　午後になると
渇いた見えないひとが　橋桁から下の水を
飲みにくる
バスに乗って橋を渡るときも　それがわかる
緑いろの苔が橋桁に現れ　あんなに水がなくなる
かれらが　あんなにたくさん水を飲むのだろうか?
六十年たったいまでも

ここでは　ビルの前に椎や楠や銀杏などの
美しい巨木が舞台俳優みたいに並んで話している
かれらは見えないが
風のなかで　世界を連れてくる
やがて　世界が目を覚ます

ここでは　地下で
あのひとたちの写真が現れては　消える
一秒であのひとたちの写真が撮られ
十秒であのひとたちは　蒸発した
蒸発した？　蒸発したということは
かれらは　ここにもどこにもいないということ？

ここでは　かれらは
どんなふうに水を飲むのか？
海のしずく　くちぼそと立ち話をしているのか？
島まで泳いだひともいるのかもしれない

六十年たったいま　ここでは
暗い窓辺で　ほのかに白く動く
雪の睫毛の　石の睫毛の
ほのかに白く動く
かれらを感じることがある

かれらも年をとっただろうか？

宇宙の大きな目のなかで
わたしが見たものはわずかだ　まだ
時の炎が燃えている

六十年

わたしは　何にも知らずに生きてきた
何にも知らずに恋をし　何にも知らずに
野の花やヒマラヤ杉や枇杷の木のように揺れ
何にも知らずに子どもを産み　何にも知らずに
喜んだり　悲しんだりしてきた

でも　本当に何にも知らなかったのか？

六十年も苦しんでいた人達の側で
大やけどしたり　病気になったり
不安だったり　心の傷に苦しんでいたりする人の側で
一瞬たりとも忘れたことがない人の側で
何にも知らなかったのか？
無知だったのか？
何にも感じなかったのか？
考えたこともなかったのか？
冷血漢なのか？

今では　波が　近づき　ミルクに変わり
波が　遠のき　蜜に変わり
波が　近づき　苦い糞に変わり

遠のき　波がつき刺す痛みに変わり
千々に砕け　割れて砕けて
あの人達でもなく　わたしでもなく
波が裂けて　砕けて散ることがあっても
どこかに　わたしでもなく　あの人達でもない
誰かがやってくる
悲しみの何段階も何層もの波をこえて
夢でもない外部でもない宇宙の向こうから
やってくる波が果てもなく続く
宇宙の向こうから心臓の響きを持って
やってくる人がいる

誰かがやってくる　教会の彼ではなく

ひとつの灯《あかり》を持った人がやってくる
なぜなら灯《あかり》をもった人はすぐあの人達を
理解するだろうから
いまではその人がいて野の花のように揺れている
波が揺れている　あちらにいったり　こちらにきたり
勇気を持ったり　くじけたり
くじけたり　勇気を持ったり

わたしはあの人達の隣にいたい
六十年も苦しみ続けているあの人達の側に

その男

その男はカタツムリのように本のなかに住んでいた
その男はそのとき
庭を見ていて
何ひとつ欠けることなく
宇宙はそこに在り　美しいと思った
スースーと二度光が走った
庭の隅々の　石灯篭まで

明るくなった
マグネシュウム・フラッシュか電車のスパークか
はてなと思っているうちに
家がななめに崩れた　男はまるはだかになり
地面にほうりだされた　その男は
もうひとつの宇宙のすみれ色の胃袋にほうりこまれて
しまった　その男は
おくさんのエプロンを借りてパンツのかわりにして
歩いていった　首からガラス片を抜くと血がだらだら
流れた　足からも　顔からも流れた
薄闇のなかを　ゆるりゆるりと人が動く

女がまるはだかで幽霊のようにふらふら歩き

死んだ赤ん坊を抱えていた
橋を渡ると自転車に乗ったまま死んだ男もいた

もうひとつの宇宙は大きな病院でその男は患者であり
医師だった　その男はそこで研究し患者の
白血球の数を調べ書き物をし新聞社に送った

何十年もたった　街はグッゲンハイム美術館より静かだ
木も緑もふえ　小鳥たちも魚たちも帰ってきた
その男は　庭を見ていた
何ひとつ欠けることなく
宇宙はそこに在り　美しいと思った
その男は本のなかで死んだ

わたしは本をぱたりと閉じた
わたしはまたひとりぼっちになった
もうひとつの宇宙はなんであったか誰かに言いたかった
しかし　言えなかった

すみれ色の宇宙は
まだそこに在った

ヒロシマにいる、きみ1

夢のひとは帰ってきた
軽いレインコートをきて
そこらじゅうを歩きまわっていた
子どもの頃から吹いていた風が海のほうから
吹いてきて　真っ白になったきみの髪をなでていった
きみは朝の海を散歩して　いつまでもちらちら輝き
いつまでも海が　きみをみているのに気がついた

すると木もきみをみつめていた
夢のひとは夢の木の前に立って長いことみつめていた
すると木はきみのこころのなかに入ってきて
緑に明るく輝いた
電車に乗ると電車はあたらしくなっていた
そこでうつくしい若者たちをみたと思った
若者のほうがきみをみていたのだ
街は途方もなく大きくなっていた
もはや自分の街ではないような気がした
しかし　街もきみをみていたのだ
市場でわずかな買い物をして　ちいさな部屋に
帰って何か食べた　オムレツがひどく食べたく
なったりした　それから眠った

夢のひとが夢をみるとどうなるか？
いつまでも内臓のように持っている
マグマの記憶が冷えてきたのだろうか？
いや　そんなことは決してなかった
記憶とは自分だからいまだ血液のように
ぐるぐるきみのなかを回っているに違いなかった
しかし　いまはなにか別のところへ行こうと
しているような気がした
朝　祖父のために声を出して新聞を読む高校生のきみ
それから制服にアイロンをかけているきみがいた
広島合唱団に入って毎日毎日声を張り上げていた
結婚してニューカレドニアに行ったりした
それから　雨がふってきみは一日じゅう部屋にいた

学校に入って間もない頃は母さんが元気でいろんな
ことをきみに教えてくれた　帳面の使い方など丁寧に
母さんといるととても幸せだった
それから　母さんは長いこと病気になって死んでしまった
きみはこの世の終わりみたいだと思った
原爆が落ちた時　他の人は別の場所にいて
父さんだけが被爆した
あの頃きみはこんなふうに自分が七十六歳までも
生きられるとは思ってもみなかった
母さんが死んだ後　朝起きてご飯の支度を
してくれたのは　ミヤコ姉さんだったっけ
それとも　スミコ姉さんだっけ
麦飯だったり　芋飯だったりしたけれど

とにかくあの朝もご飯を食べたのだ
人間はもろいようでいて案外強いものかもしれない
雨が止んだ
きみは遠い所に住んでいる友達に葉書を書いた
ご無沙汰しております　お元気でいらっしゃいますか
あなたにお会いしたく思います
おひまでしたら　どうぞヒロシマにいらしてください
ヒロシマ駅でお待ちしております　　　かしこ

ヒロシマにいる、きみ2

アメリカからきみはおばあちゃんと一緒に
ヒロシマにきて
何か大きなビルのなかで　ひとりになり
気が変になりそうなほど怖くなったのは
とても小さくてまだ学校にも行ってない頃だった
それはおばあちゃんがひとりで行って
帰って来てごらんと言ったから

きみは何かいいことがあるに違いないと思って
とんとんとんと大きな階段をのぼっていくと
たくさんのひとが涙を流して何かを見ている
何があったのだろうと人の間から
そっと見ると　あっと驚いて
きゃあと言い階段を下りて泣きながら
ガラスの玄関の外に立っている
おばあちゃんにすがりつき
怒ってきみはおばあちゃんをたたいた
すると　おばあちゃんも泣いていた
おばあちゃんの涙がきみの髪の毛や顔に
ふりかかり　そんなにおいおい泣く
おばあちゃんを見たことがなかったので

きみはびっくりした

何年もしてきみはすっかり忘れてしまったことを
思い出そうとした　あれは何を見たからか
あんなに怖かったのは何だったかを
思い出そうとした
おばあちゃんはアメリカにやってくる時
ヒロシマは原爆を受けて大変だったから
原爆のことをみんなに話してきかせて欲しいと
おばあちゃんのお父さんに頼まれたと言う
でも誰にも言えなかったので
きみにわかってもらおうと
ヒロシマに連れて行ったのだと言う

おばあちゃんありがとう
いまなら　わかる　ときみは言った
きみは二十歳になってヒロシマにひとりで
やってきた　原爆資料館の庭の芝生にすわって
ここにやってくる世界中の人々と一緒にいる
誰も泣いてはいないけれど
ここは人類が涙を流しているところなのだ
おばあちゃん　いまならわかる
おばあちゃんの悲しみが
みんなでこうして悲しむことも必要なのだ
でも　ひとりではないよね
おばあちゃんがおかあさんを生み
おかあさんがきみを生んだ

そして　きみは言う
おばあちゃん　わたしをこの世に連れてきて
くれて　ありがとう
おばあちゃん　生きていてくれてありがとう

きみはパソコンを閉じてそこらじゅうを
歩き回った　ヒロシマにいる　きみは
涙をぬぐって　立ちあがった

＊この詩はＮＨＫのテレビ番組を詩にしたものです。

わたくし・広島

わたくし・広島は白いキョウチクトウの花の
隣の青いキョウチクトウの花にある
わたくし・広島は歌を歌うと
声は上の方にのぼっていく
そして白い雲の下にある
わたくし・広島の胸の上を六つの川が流れている
橋の上をさまざまなことをくぐり抜けた人々が通る

わたくし・広島は祖母の灰の上に
横たわっている
時に　少し苦しい
わたくし・広島は息をしている
わたくし・広島は白い雲の上からわたくしを見る
わたくし・広島はまだ体のどこかが痛いときがある
時々わたくし・広島は眠っているとき寝違えて
はっとする　わたくし・広島ははんぶん
消えかかっているのではないだろうか？
それから　わたくし・広島は魚が泳ぐ川と海に触ってみる
わたくし・広島はまだ女の子だ
わたくし・広島は歌を歌うと
声はどこまでもどこまでものぼっていき

それから雨になって降ってくる
わたくし・広島は青いキョウチクトウの花の
隣の白いキョウチクトウの花にある

マリリンに、予測不可能の

マリリン　このあいだ新聞で　あなたの白い
小さなお墓を見ました　まるでお墓のアパートの
一室であるような小さなお墓を見て
私は胸をつかれる思いがしました

それなのに　私はあなたに　あなたにだけ
あなたの生涯とは何の関わりもない

あることを話したいのです　とても怖い夢だったから
あなたを汚すことになるかも知れないと思わないでください

もっと生きている人に語るべきだと思わないでください
あなたはなぜ青いビニールのような服を着ていて
冷凍人間の状態で私に微笑みかけたのでしょうか
いえ　あなたは苦しそうに寝返りを打ったようでした

私がぞっとしたのはあなたの隣に横たわっている
白い男でした　いえ　それは人間ではなかったのです
それは白い巨大な物体でした　それは
私がこの世でいちばん怖がっている原子爆弾でした

どんなに吐き気をもよおすことでも　今だけはおこらずに
私の言うことを聞いてください
私は地上であなたしか聞いてもらう人がいないのですから
あなたの国ではなぜ予測不可能の　人間の限界を超えた

原子爆弾を二個もヒロシマ、ナガサキに投下したのでしょう
そして　私の国ではあの爆弾を受けたのに
それが何であったかを六十一年たった今でも
なぜ解明できないのでしょう

「……………………………………………………」
誰かが今　パソコンのメールで答えようとしましたが
この質問には答えることができないようです

あれは終わったのだ　と私は思っていました　まさか
背中から手がはえたり　男の腰から赤ン坊の頭がのぞいたり
するようなことが　目には見えない裂け目ができるようなことが
私のこころの中で起きているとは思ってもみませんでした
この裂け目は宇宙の裂け目につながっているようです

私はまだ自分の叫びを聞いたことがありません
叫びからナイフが飛び出してくるような叫びは
一体これは人間界の出来事なのでしょうか
でも子どもたちの心の世界ではいつも起こっているようなのです

こんなこと一体誰に言えるのでしょう

でも　私の国の小学校や中学校ではずっと前から
一瞬のうちに血が流れ　多くの子どもたちが死んでいます
あなたの国の大学でも幾つもの事件が起こっているようです

一瞬のうちにわけのわからないことが起こり
一瞬のうちに消えてしまう
予測不可能のことが起こり　何もわからないまま
消えるのは　あの爆弾以来です

あなたのお墓はロサンジェルスの
海岸通りのはずれにあるようです　その小さな
お墓にはコップ一杯ほどの薔薇の花束が飾られ
白いお墓の扉には　微かなピンクのキスマークが

沢山ついていました　そこを訪れたひとは
男も女もそっとあなたのお墓にキスしたのでしょう
あなたは誰でもない者として生まれ
誰でもない者として死に　誰でもない者の薔薇*を

地下で花咲かせているのでしょう　とても
美しいお墓でした　あの微かなピンクのメッセージこそ
二十一世紀を生きる子どもたちへのメッセージなのでしょう
マリリン　夢に出てきてくれて　ありがとう

私は　私の原爆の謎について考えます
「………予測不可能の…………なぜ…………………

目にみえない………ブラックホール…………
どうして……ひとりではわからない…消える」

＊誰でもない者の薔薇＝パウル・ツェランの詩より

ゲーベン、エキザルベ、リンデロンVG

「真夜中の二時頃でした。薬罐の湯気で火傷したのです」
と私
「すぐ病院に来るべきでしたね。水で冷やしましたか？　お待ちください」
と看護師は言う
待てと言われてもすぐ痛みは襲ってきて左指四本は黄色くふくれ
じわりじわりずんずんずんずん痛くなりすぐ洗面器の
水で冷やさなければ耐えられない　耐えられない

ここはどこだ　狭い廊下に杖をついたり車椅子に腰かけたり
骨粗鬆症のひとがあまりにも多い
隣の男は足を包帯だらけにし設計図の報告文を読んでいる
その隣でかなり年配の女が夫の介護の話を大声でしている
若い男は足にギプスをはめて枯れ木のように動かない
子どもがいて待ちきれずに泣き出している
おお　ここはどこだ　人々がごった返している
変な匂いがする
私は子どもではないので泣くわけにはいかない
だんだん痛みで意識が朦朧としてきた
目をつむると真っ赤に燃える血管が見える
一瞬　眩暈のようにヒロシマの人々のだらだらとした皮膚が

見えた

「よく潰さなかったね」若い医者は水疱を注射の針で潰し
これは火傷の２であると教えてくれた　最も重症は火傷３で
これは痛みを感じない　でも皮膚をつくるとき猛烈に痛いと
ゲーベンという真っ白い薬がバターのように塗られ
あっという間に痛みは止まった　包帯がきれいに巻かれた
翌日もゲーベン　これは炎症を鎮める薬
翌々日　抗生物質で黴菌がはいらなかったので
次の薬はクリーム色のエキザルベ
一週間して透明な塗り薬リンデロンＶＧ　これは赤みをとる薬
ケロイドにもならず私の指は回復しつつある

もしヒロシマに生きる希望を与えるあの医者のような人と
看護師とゲーベン、エキザルベ、リンデロンＶＧが大量にあったら
少しは死者は減ったかも知れない　世の中変わるかな？

春

目を覚ますと、わたしは春だった。何か深い記憶喪失に陥っているかのように、何かを思い出そうとしていた。菫色のヴィーナスがさっき、わたしの夢の中にやってきた。ヴィーナスは海からあがるとまだ外のものを見ることができないで、透きとおったまなざしで海を見ていたが、わたしはすこし驚いて体を動かした。

するとと、わたしはヴィーナスになっていた。南の方にいる風の兄妹が口からピンク色の花を噴き出していた。わたしは皆と一緒に森に逃げ出した。皆というのは薄物を着たほとんど裸の女たちと若い男で、わたしたちはみかん畑の青い影の中に集まっていた。

植物たちはとても早くいっしんに芽をだそうとし、花を咲かせようとしていたが、時に北風が氷のような手でわたしを抱こうとするので、わたしは驚いて口からたくさんの花を噴き出した。水仙、クロッカス、ヒヤシンス、バラ、椿、あとからあとから、さまざまな色の花々があふれ、あふれてきた。花の中で裸でチェロを弾く女までいた。マンセルというチェリストだった。

大地はもう怖がらずにゆったりと暖まり、芽吹き、森はみるみる緑になって、生きとし生けるものは成長して美しい静寂につつまれた。

＊

ひとりの昔の詩人がじっとわたしを見つめていた。わたしは春なのだから、うら若い娘のように恋をしてもよかった。

「きみは未来の色をしている。ただ一度だけ、きみに会いたかった」

昔の詩人はいった。しかし、その詩人は白血病で死んでしまった。

＊

わたしは重い憂鬱病に罹っていた。冷たい雨の中を歩いてゆき、わたしは桜をただ一度見るように見た。桜は明るく細かくひとつひとつがあまりに精妙にあまりに秩序だって咲いているのにわたしは驚いた。わたしは春なのだから、そして詩人なのだから、あのように秩序だった美しい詩を書いてもいいのに、わたしには書けなかった。数千年も桜は進化し続けていた。

その時、わたしは恐ろしい音を聴いた。空爆の音、夜が裂ける音、都市が破裂する音、我慢できない破壊がまたしてもやってきた。

わたしはマントを着て、一瞬のうちに崩れ落ちた都市に居た。ざらざらと砂が落ちてきて目にも口にも髪の毛にも入ってきた。炎の中を人が逃げていた。向こう側ではなす術もなく、人が佇んでいた。炎の向こう側の人の顔がゆらゆら揺れながらこちらを見つめていた。兵士は涙を流し祈りながら、何万トンという爆弾を落としていた。

わたしはこの世で生まれて見たものを書かなければならない。たとえ映像の中だけのものでも、たとえ触ることができなくても、このふたつの目が見たものは忘れることができない。瓦礫のうえで若い父親が四十センチばかりの息絶えた赤ん坊にそっと話しかけていた。あれがわたし春が今年見た最も重いものだった。わたしに何ができるだろう？　瀕死都市よ。そこで数千年の時がいまも流れていた。ふたつの川のほとりで最古の楔形文字が男の膝に刻みこまれた黒い石の像が掘り起こされたという。最古の麦も発見されたという。数千回の春を迎えた都市よ。祈りの都市よ。わたしは虚無の下の虚無の下の虚無の下にわたしのマントから爆風に吹き飛ばされる種子を蒔く。またもや砕け散った巨大な穴に消えていった人々のまえで、熱風のなかで種子を蒔く。何かを信じるということがもはやできるだろうか？

時のクレバス

このことを知った時
あたりが黒くなった気がした
窓の向こうを見ると
テレビのアンテナの向こうの松の木のうえに
黒い子どもが次々に昇り
影のようにビルのうえを歩き
ビルについたオレンジのクレーンのうえを渡った

ひとりひとりは黒い子どもなのか影なのか
わからず　やがて三十二階のビルのうえから
雲に飛び乗って　お互いに飛びかかったり
這いつくばったりしてぴくぴく動く
手足が見えた

やがて真冬になると
渦巻く風に乗って
子どもの形をした雪が叫び出すに違いない
東京じゅうの人々が
空を眺めるだろう
学童疎開した子どもたちが路上で

飢えや寒さで十二万人も死んだという
六十八年前の
秘密の時のクレバスが開き
死んだ子どもたちが
空を流れるだろう
目を開けて　空を眺めなければ

ニュース

その年わたしは河辺とか牛浜とかいう名前の
昔　海だったところで眠った
その年は日本中で集中豪雨になり
木が根こそぎ流れ　川が泥だらけになり
木の重さで近くの家々が何軒も破壊された
その年ヒアリがコンテナにのってやってきた
その年は熱帯夜で眠られなかった

その年わたしは甘いゼリーを食べた
その年にはスペインでは大きな雹が降り
羊たちが死んでしまった
その年は十四歳の天才将棋士が二十九連勝も獲得した
その年は民主主義のメッキがはがれた
その年は隣国が宣伝ミサイルを空に向かって発射した
その年は幸福な年でもあった
その年は全く絶望的な年だった

その年は毎日のように殺人があった
数年前から　いや数十年前から人が殺され続けた
誰も騒がなかったし
一つ一つの殺人は何もつながらなかった

いつになったらこの殺人がやめられるのか
見当もつかなかった
その年もその次の年もその次の次の次の年も
毎日のように殺人があるだろうか
ひとりでは考えられないこともある
七十二年前にヒロシマ　ナガサキに原爆が落ちたときに
みんなが大騒ぎしたとき
誰ひとり原爆の被害について
論理的に究明できなかった
わたしが原爆の詩を書こうとすると
ことばが空からカナヅチみたいに落ちてくる
落ちてくる　何万トンの岩が　雹が落ちてくる

わたしは空を見上げ一メートル身をひく
今わけの分からない殺人が少しずつ毎日増えている
空から死が降ってきたヒロシマ　ナガサキの人々を
わたしたちが見捨てたため
けれどもわたしたちも目に見えないところで
傷ついていると気づく
ヒロシマ　ナガサキについて批評するときはどこかに
救済がなくてはならぬ
わたしたちはあの街をちらほらと歩く
その年が来るために　誰も殺さない
誰にも殺されないために

その年はきっと来る

見えない炎

おおきなふたつの白いまぶたが閉じられる
空と都市がつながる　霧が現れる
わたしは窓辺に立って見ている　濡れた舗道のうえにも
枯葉のうえにも　屋根のうえにも　その国が近づいている

ここ、ここからその国が始まる
磨りガラスの向こうにいるひとよ　あなたは誰か？

こんなにあなたに近づいたのだから　名をあかせ
青銅の腕で　夜明けをひらけ

その国の木々も見えない炎で燃えているだろうか？
川の水には青灰色のちぢんだひとが歩いているだろうか？
その国にもことばはあるだろうか？

その国のことばもひとを見えない炎で燃やしているだろうか？
ふたつの国の言葉と星々と血液を　かきまわせ
まぶたの裏までかがやく海を　あふれさせよ

果てしない秋へ

幾日も
猛暑と熱帯夜が続いた
いったいどうなるの、というほどの暑さだった
日が落ちて　夜が始まろうとするいっとき
私は半パンツをはいて　お風呂のなかを歩くように
ゆっくり街を歩いて行った

友達から薄い革のあたらしい靴をもらったので
試してみたかったのだ
足がぴったりと地面につき
すばらしい気分だった
犬を散歩させる人たちがいて
何匹もの犬がマンションから出てきた
トマトやとうふ、アイスキャンディを買って
まばゆいイルミネーションの洪水のなかを歩くと
人々はこの暑さにも耐え　赤ん坊を自転車に乗せている人も
なかなか美しかった
人々も建物もなかなか美しかったが
未来は厳しいらしかった
梅林も広大な農家の桐の花も消え

そこに二本の数十階建てがにょっきり生えるらしかった

私は糖尿病の前段階とアレルギーと
白内障と闘っていた
すこし回復しつつあるので機嫌がよかった
果てしない秋を歩き　あと何年かしたら
渋谷の子どもたちと太郎の原爆の壁画を見たいと思った

太郎の絵のなかの巨大な男はきらきら輝きながら
駒のように震え　ぐるぐる回転し　バラバラになり
十秒で頭蓋骨になっていくところだった
あのように強烈な絵を私は見たことがなかった
強烈なのに縄文土器のように不思議な静けさがあった

女の青い足は丸太棒のように数メートル伸び
巨大な体は吹き飛ばされ
女は子どもたちを見あげ　子どもたちと一緒に
煙になって天に昇ろうとしていた
またしてもあたらしい熱風が彼らに襲いかかろうとしていた

太郎の絵を見たら　子どもたちは何と言うだろう
驚いたり　叫んだり　「何だ　こりゃ？」と言うだろうか
駅を歩きながら子どもたちは何年も何年も太郎の絵を見るだろう
私たちが原爆を忘れてしまっても
子どもたちは忘れずに憶えているだろう
憶えていて　子どもたちは暴力やいのちについて考えたり
悩んだりするだろう

それで子どもたちは自分のちからで
いじめや痛みをのりこえるだろう

サイドから風が吹いてくると

サイドから風が吹いてくると
わたしの友達はぎっくり腰になった
のではなかった　でも
サイドから風が吹いてくると
わたしの住んでいる街はすぐ夕暮れになった
街路樹はぼおっと揺れて灯がともった
なぜその地下の巨きな古本屋でひとりの

孤独な少年の写真がついた本*を買ったのだろう
その日サイードは亡くなってしまった
衛星放送の予告編でパレスチナの男たちの間を歩く
大きな白髭の男を見た　その男から吹いてくる風が
あるだろうか？

わたしは黙って暗くなりかかった街を歩いた
なんという街だろう
わたしの街なのに空虚で美しく見知らぬ街だった

サイードから風が吹いてくると
わたしはひとりで秋の深まりのなかに入っていった
わたしはもう父もなく母もなく　故郷もなく

家もなくただ静かに年をとっているらしかった
けれども　年をとるのも悪くはなかった
ただ　これほどひとりでこれほど何ももたず
これほど成し遂げることもなく　ただただ
熱くなったり冷たくなったりする本を抱いて
葡萄をひとつぶ食べながら
これまでのように生きていっていいのだろうか？

サイードから風が吹いてくると
ひとは塵から生まれ　塵になるらしかった
光のなかで輝きながら　おぎゃあと声をあげ
生まれたときからあったものが
家も道路も街も人びとも学校も

木も果物もプールも風景も空も太陽も月も
あっという間に失くなってしまう世界をわたしは知る
えっとか言ってるうちに
ひとつの民族がばらばらにかき消えてしまう世界があった
それは地球の巨きな穴でもあった

サイードから風が吹いてくると
皆が知っているわたしの他に　もうひとりのわたしが
複雑な顔をして不器用に立ち現れてくるらしかった
その複雑な人物がさ迷い歩きぶつぶつ言っているらしかった

サイードから風が吹いてくると
わたしのもうひとりの友達は毎朝仏壇の

死んだおばあちゃんの位牌にお水をあげ
「今日はパレスチナの子どもがひとりも死にませんように」
と手をあわせる
それでも兵士に撃たれて死んだり
下半身不随になった子どもも多くいる
手術のあと下半身不随になると決まった子に
点滴を受けさせ枕をやさしくなおしてあげると
にっこりする子どもがいる

サイードから風が吹いてくると
わたしは空しい問いを発する　なぜとか
知らなかったとか

わたしは風のようにすり抜けていきたい
銃弾の飛び交う間を　憎しみと憎しみの間を
爆弾の間を　悲鳴の間を　子どもたちの間を
母親と母親の間を　兵士たちと兵士たちの間を
女と男の間を　夜の間を　血の匂いのするキャンプの間を
崩れ穴が無数に開いた壁の間を
地球上のやさしい人びとの耳から耳へ
燕のように　すばやく飛び交い
殺すな　殺すな　殺すなと囁きながら
たとえ幼稚でも囁いてみたい
自爆する人の間を　殺し合いの間を
風のようにくぐり抜け
死ぬな　死ぬな　死ぬなと

サイードから風が吹いてくると　思う
わたしはいつかわたしにならなければならないのか？
わたしがわたしを完成する日が来るだろうか？

サイードから風が吹いてくると
一日の仕事を終えたわたしの友達は
女の子たちの整骨師に包帯を巻いてもらい帰っていった
ぎっくり腰は治るらしかった
サイードから風が起こると
不治の病いと闘いながら　サイードは
彼自身を完成する最もむずかしい仕事を成し遂げた
モーゼよりも巨きな仕事を

それは彼がこの世に生まれ　死んでいくことを語り
世界中の人びとに伝えることであった

秋の美しい日に　サイードから吹いてくる風に吹かれながら
わたしは落ち葉を踏みしめながらさ迷い
まだごつごつした青くさい
正直で見知らぬわたしに出会った

＊『遠い場所の記憶』（二〇〇一年　みすず書房）
著者のエドワード・Ｗ・サイードはパレスチナ生まれの文学者。

■著者略歴

鈴木ユリイカ

1941年岐阜県生まれ、東京在住。3歳から6歳までを台湾で、その後18歳までを青森県で暮らす。明治大学仏文科卒。1983年に創刊された「現代詩ラ・メール」に投稿、翌年第1回ラ・メール新人賞受賞。詩集に『MOBILE・愛』（1986年・第36回H氏賞）、『海のヴァイオリンがきこえる』（1988年・第3回詩歌文学館賞）、『ビルディングを運ぶ女たち』（1991年）、『現代詩文庫　鈴木ユリイカ詩集』（2015年）がある（いずれも思潮社刊）。

絵本に『おしょうがつさん』（世界文化社）、『たんぽぽのたねとんだ』（福音館書店）など。

責任編集を務める詩誌「something」（2005年創刊・年2回　書肆侃侃房刊）は2020年6月で31号となった。

詩集　サイドから風が吹いてくると

二〇二〇年八月六日　第一刷発行

著者　鈴木ユリイカ
発行者　田島安江
発行所　株式会社 書肆侃侃房（しょしかんかんぼう）
〒810-0041
福岡市中央区大名2-8-18-501
TEL：092-735-2802
FAX：092-735-2792
http://www.kankanbou.com　info@kankanbou.com

編集　サムシングプレス　田島安江・棚沢永子
装丁　成原亜美
DTP　黒木留実
印刷・製本　モリモト印刷株式会社

ISBN978-4-86385-411-6　C0092